Jean-Claude Grumberg

LES VITALABRI

Illustré par Ronan Badel

ACTES SUD JUNIOR

AVANT-PROPOS

D'où sort cette famille Vitalabri ?

Elle est née à une époque heureuse, enchantée par une petite fille, ma fille, qui chaque dimanche matin se glissait dans mon lit, exigeant SON histoire. C'est là, dimanche après dimanche, que les Vitalabri sont apparus, sortant leurs museaux de leur abri. Au départ c'était sans doute une famille lapin ou souris, se jetant d'un trou à l'autre pour échapper aux griffes des renards et autres prédateurs.
Olga, ma fille, participait activement à l'élaboration du récit, par ses questions, ses suggestions, ses critiques et ses corrections. C'est là que j'ai ressenti pour la première fois la joie, la liberté et le privilège d'avoir à inventer une histoire pour enfants, mais, trop préoccupé par d'autres histoires à écrire ou à vivre, je n'ai pas osé m'adresser, en ces temps, directement à la jeunesse, si bien que je n'ai nulle trace écrite de ce que l'on a pu se raconter, Olga et moi, dimanche après dimanche. En conséquence, les Vitalabri d'aujourd'hui ne sont plus ceux d'hier.

Je devais cette histoire à ma fille, et, si je la lui offre avec un certain retard, je sais qu'elle a gardé une part de son âme enfantine capable d'accueillir, d'apprécier et de critiquer, comme il se doit, ces nouveaux Vitalabri. D'ailleurs tous les adultes ont gardé une part d'enfance, et ceux qui le reconnaissent peuvent sans modération fréquenter les histoires pour la jeunesse, elles sont aussi faites pour eux, spécialement les Vitalabri.

Les Vitalabri ont perdu, et je le regrette, leurs qualités "lapin-souris". Peut-être, j'ose espérer, ont-ils gagné au fil des années quelques vertus humaines. Un dicton persan dit qu'il n'est jamais trop tard pour raconter une histoire à un enfant, fût-il centenaire, surtout quand cette histoire finit bien.

La première partie de ces Vitalabri fut rédigée d'un trait, comme il se doit, un dimanche. Les deux autres prirent leur temps avant de sortir du stylo où elles s'étaient réfugiées par crainte sans doute des griffes des prédateurs.

Novembre 2012 – juin 2013

Connaissez-vous les Vitalabri ? Non non, ne cherchez pas sur une carte ni sur une mappemonde, il n'y a pas de pays Vitalabri. Les Vitalabri sont chez eux partout et nulle part, surtout nulle part. Pourquoi surtout nulle part ? Parce que ceux qui sont nés quelque part, et qui ne sont chez eux que là où ils sont nés et nulle part ailleurs, n'aiment pas les Vitalabri, même ceux qui sont nés près de chez eux. Pourquoi ? Certains disent – surtout ceux qui ont le nez rond – qu'ils n'aiment pas les Vitalabri parce que ceux-ci ont le nez pointu, et ceux qui ont le nez pointu, eux, n'aiment pas les Vitalabri parce qu'ils trouvent leur nez trop rond. D'autres n'aiment pas les Vitalabri parce que les Vitalabri ont les yeux bleus, ou noirs, ou marron, comme les cochons, disent ceux qui n'aiment vraiment pas les Vitalabri. On n'aime pas non plus les Vitalabri parce qu'ils sont trop grands, beaucoup trop grands, ou trop petits, beaucoup trop petits, ou trop moyens, beaucoup trop moyens, c'est moche. Enfin, en général, on n'aime pas trop les Vitalabri, vous l'aviez compris. Bon, passons.

Alors donc, un jour, dans un pays lointain, ou proche, tout dépend de là où vous êtes vous-même, madame Vitalabri déclara à son mari :

– Sais-tu quoi, monsieur Vitalabri ?

Les Vitalabri sont très polis entre eux, ou très malpolis, tout dépend de quels Vitalabri il s'agit. Les nôtres à nous, ceux dont on raconte l'histoire, sont polis, très polis.

– Sais-tu quoi, monsieur Vitalabri ?

– Non, madame Vitalabri chérie.

Je vous l'ai dit, très polis.

– On va partir d'ici.

– Partir d'ici ?

– Oui, partir d'ici.

– Et pourquoi partir d'ici ?

– Parce qu'ici on n'aime pas les Vitalabri.

– Ah ! Et on ira où ?

– Là où on aime les Vitalabri.

– Tu sais quoi, madame Vitalabri ?

– Non, monsieur Vitalabri.

– Restons ici.

– Mais puisqu'ici on ne nous aime pas.

– Ailleurs on ne nous aime pas non plus.

– Comment tu sais ça ?

– Comment je sais quoi ?

– Qu'ailleurs on ne nous aime pas ?

– On vient de le dire tout au début.

– Si t'écoutes tout ce que les gens disent !

– Je n'écoute pas tout ce que les gens disent, j'écoute ce qui vient d'être dit ici.
– Ce que je viens de dire ici, c'est qu'on va partir d'ici.
– Bon.
– Voilà !
– Quand ?
– Quand quoi ?
– Quand on va partir ?
– Demain matin.
– Demain matin ?!
– Oui, demain matin on part.
– L'as-tu dit aux enfants ?

Là, il faut vous dire que certaines familles vitalabraises ont beaucoup d'enfants, beaucoup trop, d'autres par contre n'en ont pas du tout, ce qui est trop peu, et c'est aussi pourquoi on n'aime pas les Vitalabri. Comment ? Vous n'avez pas compris, là, le pourquoi ? C'est simple, parce qu'ils ont trop d'enfants ou pas assez. C'est clair ? Voilà. Ah, j'avais oublié de vous dire, on n'aime pas les Vitalabri aussi à cause de la couleur de leur peau, trop blanche, ou trop marron, ou trop jaune, ou trop rouge, d'ailleurs on a déjà zigouillé un grand nombre de ceux qui avaient la peau rouge, qui vivaient tout nus et qui faisaient peur aux enfants des autres couleurs de peau, les visages pâles. Bon, passons. Il y a tant de choses à dire sur les Vitalabri, on s'y perdrait vite et je risquerais de ne pas pouvoir vous raconter l'histoire de nos Vitalabri à nous.

– Pour partir, chère madame Vitalabri chérie, il faut de l'argent.
– Quoi ? Que dit-il ?
– Des sous.
– Comment ça, des sous ?
– Du pognon, de l'oseille, de l'artiche, du blé, du jonc – dit monsieur Vitalabri en langue vitalabraise –, du trèfle !
– On va vendre tout ce qu'on a.
– On a quoi ?
– Deux fois rien.
– Ça fait pas grand-chose.
– C'est mieux que rien, non ?
– Oui, deux fois rien c'est mieux que rien mais c'est quand même pas grand-chose.

Ils trouvèrent vite une famille vitalabraise qui venait d'arriver d'on ne sait pas où, un lieu qu'ils avaient fui parce que, dirent-ils, là-bas on n'aime pas les Vitalibri. Cette famille, arrivant donc avec moins que moins que rien, fut bien contente de trouver les deux fois rien à vendre pour moins que rien de notre famille Vitalabri à nous. Malgré tout ils leur déconseillèrent de partir, en tout cas dans l'endroit d'où ils venaient, parce que là-bas on n'aimait pas, mais pas du tout, les Vitalabri, au point même d'en faire des petits pâtés pour donner aux ouah-ouah. Madame Vitalabri, notre madame Vitalabri à nous, fit remarquer à son mari Vitalabri :
– Tu vois comment ils sont les Vitalabri de là-bas, il faut toujours qu'ils exagèrent. Qui peut croire qu'on fait des petits pâtés pour donner aux ouah-ouah avec des Vitalabri !

Monsieur Vitalabri hocha la tête tout en se disant : inutile de discuter parce que quand une Vitalabri a quelque chose coincé sous son fichu – ah j'ai oublié, où ai-je la tête, il faut que je vous dise que si les mâles vitalabrais ont des moustaches ou pas, une barbe ou pas, les dames vitalabraises, les Vitalabraises donc, portent toutes des fichus sur la tête, ou alors vont tête nue, en cheveux, oui oui, ou même certaines, celles-là sont très très mal vues par les gens qui n'aiment pas les Vitalabri, et même par certains Vitalabrais, certaines même se baladent avec un chapeau sur la tête, oui oui oui oui, un chapeau ! Du coup personne, vous le pensez bien, n'aime les Vitalabraises avec leurs fichus, leurs cheveux ou leurs chapeaux sur la tête. Bon, enfin passons.

Monsieur et madame Vitalabri réunirent leurs enfants et leur dirent :

– Enfants chéris à papa-maman, écoutez.

– Nous vous écoutons, papa-maman ! piaillèrent les petits et petites vitalabrais.

– Nous allons partir d'ici.

– Chouette !!! s'égosillèrent les plus petits.

– Pour aller où ? grincèrent les plus grands qui avaient déjà parcouru une bonne moitié de la terre sans jamais pouvoir s'installer nulle part.

– Ailleurs.

– Ailleurs où ?

– Quelque part où on se sentira chez nous.

– Pourquoi pas ici alors ?
– Non non, insista madame maman chérie, non non non, ici on ne nous aime pas.
– Qu'est-ce que ça fait ?
– Qu'est-ce que ça fait ? Qu'est-ce que ça fait ?! Je ne veux pas vivre, moi, dans un pays où je ne suis pas aimée ! Je ne veux pas que mes enfants y grandissent ! Même monsieur Vitalabri ne veut pas !
– Bon, d'accord, alors ? lâcha le père Vitalabri.
– Alors on va partir chercher un endroit où on sera enfin comme chez nous.
– Et comment on saura qu'on est arrivés enfin comme chez nous ?
– Quand on arrivera quelque part où les Vitalabri seront aimés.
– Même ceux qui ont le nez rond ? Ou pointu ? Même ceux qui n'ont pas de nez ?
– Je ne les aime pas, moi, les sans-nez ! chuchota la plus petite de la troupe.
L'aîné des enfants soudain cria très fort :
– Maman ! Cet endroit n'existe pas !
– Qu'en sais-tu, fils ?
– Je l'ai lu dans mes livres.
– Tu lis trop. En route vers le pays où les Vitalabri sont libres et heureux !
L'aîné gronda alors :
– Je ne peux pas partir.
– Pourquoi ça, fils aîné ?
– De quoi de quoi ? gronda papa.

– Mon bagage serait trop lourd.
– Son bagage serait trop lourd ? Voyez-vous ça ! Et pourquoi ça ?
– Parce que je ne peux pas partir et laisser mes livres.
– Des livres qui disent qu'aucun pays n'aime les Vitalabri ne méritent pas de voyager.
– Laisse-les là, prends ton violon, et suis-nous.

Le cœur serré, l'aîné abandonna ses livres. Des livres trouvés, récupérés dans les décharges publiques et les poubelles privées, des livres jetés par les lecteurs lassés, ramassés et sauvés par le fils aîné. Il les enveloppa et les enfouit dans un endroit secret et sec pour tenter de les sauver une nouvelle fois de la destruction définitive.
– Prends ton violon !
Il faut vous dire que chez les Vitalabri le violon ou le banjo, la guimbarde ou le flûtiau, le mirliton ou le turlututette, sont autant d'instruments dont les Vitalabri, dis-je, sont friands. Chaque enfant Vitalabri se chargea donc de son instrument bien-aimé et suivit ses parents bien-aimés.

Ils se mirent en route aussitôt.

La première nuit qu'ils passèrent loin de chez eux – ou plutôt non, pas très loin de leur point de départ, mais très loin en revanche de leur point d'arrivée, étant donné qu'ils ne connaissaient pas ce point et qu'ils avaient déjà oublié le point d'où ils étaient partis le matin même. Je m'y perds un peu moi-même. C'est que raconter la vie des Vitalabri n'est déjà pas chose aisée, mais raconter la vie des Vitalabri en voyage, ça c'est carrément coton. Bon, passons.

Donc les Vitalabri, notre famille Vitalabri à nous – celle que nous accompagnons dans son voyage vers la terre où... vous savez bien – marchait le jour et dormait la nuit, sauf dans certaines contrées où l'on aimait encore moins les Vitalabri qu'ailleurs. On ne les aimait déjà pas... mais là, pour des raisons de prudence et par peur des coups de bâton, ils dormaient le jour et marchaient la nuit. Souvent ils n'avaient pas d'abri, et les Vitalabri sans abri souffrent terriblement, surtout du froid et du chaud, du trop froid et du trop chaud.

Pour manger ? Comment faisaient-ils pour manger ? C'est une très bonne question, je vous remercie de me l'avoir posée car ça va me permettre d'y répondre. Certains disent qu'ils jouaient tous en famille de la musique vitalabraise. Ils s'arrêtaient sur le bord du chemin, ou à l'entrée d'une petite ville, ou à l'orée d'un grand bois, sortaient leurs instruments, et se mettaient à jouer. Les gens du pays traversé, ceux qui y étaient nés et n'en avaient jamais bougé, ne leur donnaient jamais rien. Car cela les aurait incités – les Vitalabri – à rester. Et, disaient ceux qui étaient nés à cet endroit, encore pire, cela aurait fait venir d'autres Vitalabri ! Cela les aurait incités à venir s'installer chez eux. Donc ils passaient en se bouchant les oreilles, tout en faisant ceux qui n'aimaient pas la musique vitalabraise.

– Des crincrins, disaient-ils, des miaulements de chat écorché ! Des piaillements de souris !
Ils passaient, oreilles bouchées, en gardant leurs deux poings bien enfoncés dans leurs poches, même en pleine chaleur, pour bien montrer qu'ils ne voulaient rien donner du tout.
Pardon ? Comment pouvaient-ils se boucher les oreilles tout en tenant leurs mains profondément enfoncées dans leurs poches ? C'est une bonne question. Aussi dois-je vous faire une bonne réponse. Ils se bouchaient les oreilles avec des petits bouchons spéciaux enfoncés dans leurs oreilles – en tout cas c'est ce que disent certains auteurs vitalabrais –, ainsi ils n'avaient pas besoin de leurs mains pour se boucher les oreilles, de plus ces petits bouchons spéciaux d'oreilles

diffusaient pour eux seuls, dans leurs oreilles à eux, une musique qu'ils n'avaient pas à partager avec les autres et qui les protégeait de la musique vitalabraise.

Tout cela ne vous dit pas comment mangeaient nos Vitalabri, je sais. C'est bien simple : lorsque d'autres Vitalabri passaient là par hasard, ils se mettaient soudain à battre de leurs deux mains au rythme de la musique vitalabraise qu'ils aiment par-dessus tout. Puis à sautiller d'un pied sur l'autre sur place, puis à danser comme des enragés, et enfin à chanter avec notre famille vitalabraise, pour finir par sortir leurs propres instruments et par se mettre à jouer, à jouer avec entrain, joie et gaieté, parfois même tristesse et nostalgie. Alors ils se mettaient à sangloter tous en chœur tant la musique vitalabraise leur rappelait leur misère passée, présente et à venir.

Ça ne vous dit toujours pas comment ils mangeaient ? C'est simple, j'y viens. Ensuite les Vitalabri qui vivaient là sortaient leurs croûtons de pain et, parfois, les partageaient avec nos Vitalabri à nous. Et ainsi nos Vitalabri mangeaient et poursuivaient leur route.
Vers où ?
– Vers le pays où on nous aime ! reprenait maman Vitalabri aux enfants qui, instruments rangés, rongeaient les croûtons de pain avec appétit tout en lui demandant et en lui redemandant :
– On va où, maman chérie ?
– Vers le pays où on nous aime, mes enfants !

Monsieur Vitalabri et son fils aîné soupiraient, mais ne disaient rien, car ils savaient tous les deux que lorsqu'une Vitalabri a quelque chose coincé sous le fichu, les cheveux ou le chapeau, inutile d'essayer de la convaincre, mieux vaut se coucher et se reposer un peu.

Les petits traînaient des pieds et bâillaient. Madame Vitalabri se mettait alors à chanter à tue-tête des chansons de marche vitalabraises qui faisaient danser les cailloux des chemins, pleurer les pierres de la route et remonter les cascades en sens inverse. Même les montagnes difficiles à gravir sans chanter se grimpaient en un tournemain. La famille, en chantant, marchait d'un bon pas et leur chant faisait rougir les idiots croisés et se réjouir les cœurs vitalabrais. Les oiseaux à l'unisson leur répondaient et même les bêtes à cornes dans les champs les saluaient soudain de leurs salutations les plus bovines. Nos Vitalabri marchaient et marchaient, le front haut et le regard fier. Mais lorsqu'au loin ils devinaient un uniforme, ils cessaient immédiatement de chanter et hop se jetaient tout vêtus à l'abri d'un fossé, d'un taillis, d'un bosquet, ou même, pour les plus petits, au cœur d'une petite touffe d'herbes sauvages.

Ainsi, en marchant, en chantant, et en se jetant, ils arrivèrent à la frontière infranchissable. Là, un Vitalabri rencontré par hasard et comme par enchantement leur proposa de la leur faire passer. Madame Vitalabri dit tout de suite :

– Oui ! Merci beaucoup, merci infiniment ! Oui oui oui !

Monsieur Vitalabri, lui, dit :

– Il faut réfléchir.

– Qu'est-ce qu'il y a à réfléchir ? On veut aller jusqu'au pays où les Vitalabri sont aimés, non ?

– Oui.

– Donc il faut sortir de ce pays-ci, et pour en sortir, il faut franchir cette frontière infranchissable, et si un camarade Vitalabri au grand cœur rencontré par hasard et comme par enchantement nous propose de nous la faire franchir, je vois pas à quoi nous devons réfléchir.

– Il faut toujours réfléchir, précisa papa Vitalabri.

L'aîné l'approuva. Et notre famille vitalabraise se mit à réfléchir. Pendant leur réflexion, le camarade Vitalabri rencontré par hasard et comme par enchantement leur fit voir combien belle était la vie pour les Vitalabri de l'autre côté de la frontière infranchissable. Madame Vitalabri en eut les larmes aux yeux.

– Ils nous aiment ?

– S'ils nous aiment ? C'est pas de l'amour, c'est de la rage ! Ils défilent des jours entiers en criant : On aime les Vitalabri ! On aime les Vitalabri !

Papa Vitalabri demanda alors :

– Pourquoi le camarade rencontré par hasard et comme par enchantement réside de ce côté-ci de la frontière plutôt que de l'autre côté, là où la vie est si belle pour les Vitalabri qui y sont tant aimés ?

– Justement pour aider les Vitalabri comme vous à passer de l'autre côté, là où les trottoirs sont si propres et si accueillants.

– Pourquoi nous parle-t-il de la propreté des trottoirs ? demanda le fils aîné.

– Oui, pourquoi ?

– Il vaut mieux dormir sur des trottoirs bien propres plutôt que sur des trottoirs sales et souillés comme chez nous ici, non ?

Madame Vitalabri, tout en s'épongeant les yeux, approuva puis gronda :

– Pour une fois qu'on rencontre un camarade qui veut nous aider, il faut que vous lui posiez vos questions à la noix !

– Moi je veux bien manger des noix, murmura la plus petite.

– De l'autre côté tu en mangeras, y en a plein les trottoirs.

– Que font les noix sur les trottoirs ?

– Elles y poussent afin que les petits vitalabrais puissent les cueillir et les manger sans se fatiguer.

Monsieur Vitalabri posa alors la question qui tue :
– Combien nous prendras-tu pour nous faire franchir la frontière infranchissable ?
– Moi ? Rien.
– Rien ?
– Rien pour moi.
– Ouais ouais ouais ouais, murmurèrent l'aîné et papa. Combien ça nous coûtera à nous, sans que ça te rapporte rien à toi ?
– Ah, je dois vous faire faire des faux papiers. *False papir.*
– Des quoi ?
– Des *false papir.* Faux papiers.
– Pour quoi faire ?
– Pour pouvoir passer et circuler de l'autre côté une fois passés.
– Ah. Et ça, ça coûte ?
– Ça coûte, bien sûr ça coûte. Et puis il faut aussi payer les uniformes.
– Payer les uniformes ?
– Pour qu'ils ferment les yeux.
– Il faut payer les uniformes pour qu'ils ferment les yeux ? Ils ne dorment pas sans être payés ?
– C'est mieux de passer quand on est sûr qu'ils ont les yeux fermés.
– Et s'ils ouvrent les yeux et nous voient pendant qu'on passe ?
– Alors là il faudra leur montrer vos faux papiers et leur graisser la patte pour qu'ils les trouvent vrais.
– Avec quelle graisse ?
– Pognon.

– Ah.
– Et si on ne leur graisse pas la patte ?
– Ils peuvent vous arrêter.
– Et ?
– Vous mettre en prison.
– Et ?
– Et vous sortir de prison.
– Oui ?
– Et vous ramener.
– Où ?
– À la frontière.
– Ah, d'accord d'accord. Mais ça fait combien tout ça pour passer ?
– Attendez, moi je ne prends rien pour moi mais il faut me rembourser mes frais.
– Ah, y a des frais ?
– Bien sûr j'ai des frais.
– Bon, ça fait combien ?
– Combien avez-vous sur vous ?
– Sur nous ?
– Oui, combien avez-vous sur vous ?
– Pas un sou.
– Pas un radis.
– Pas un kopeck.
– Pas un liard.
– Ah.
– Ouais.
– C'est peu.

– C'est peu, oui, mais ça nous suffit.
– Écoutez, il ne sera pas dit que pour une vulgaire question d'argent je laisse une famille vitalabraise au pied de la frontière infranchissable. Donnez-moi vos instruments de musique et surtout le violon du garçon.
– Il n'en est pas question ! hurla l'aîné, en serrant son violon. Mes livres, après mon violon, non non non !
– Non non non ! crièrent en écho le reste des enfants.
– Bon bon bon, alors votre édredon et un ou deux pantalons.
– Nous n'avons qu'un pantalon chacun.
– Les jeunes pourront circuler jambes nues de l'autre côté, il y fait si chaud ! Vous n'aurez besoin ni de pantalon ni d'édredon.
– Tu sais quoi, camarade, décida soudain madame Vitalabri chérie, tu sais quoi, après avoir bien réfléchi, je pense que nous allons nous passer de ta camaraderie.
– Pourquoi ?
– Une idée comme ça.
– Nous voulons garder nos instruments, notre édredon et même nos pantalons.
– Ah.
– Quoi ah ?
– Dans ce cas c'est différent.
– Qu'est-ce qu'est différent ?
– Ne passez pas cette frontière.
– Pourquoi ?
– Là-bas, c'est pire qu'ici.
– Pire ?

– Pire.
– Tant pis, nous irons dans le pays d'après.
– Le pays d'après je ne le connais pas, mais...
– Mais ?
– Rien. Bonne chance.
Et le camarade vitalabrais rencontré par hasard disparut comme il était venu, comme par enchantement.

Le lendemain, ils étaient de l'autre côté. Comment ? Comment avaient-ils fait, sans l'aide du camarade vitalabrais rencontré par hasard et comme par enchantement ? Très simplement. Ce fut le fils aîné qui eut l'idée. Pour fermer les yeux des uniformes sans leur graisser la patte, il suffisait de leur jouer une berceuse, une de ces berceuses vitalabraises qui fermeraient les yeux des gardiens de l'enfer eux-mêmes et qui avaient endormi des générations de Vitalabri au berceau sans manger et sans avoir chaud.
Au cœur de la nuit donc, ils se glissèrent tout près du poste des uniformes, et ils leur jouèrent "Shlouf shlouf klïné militaïré", grand succès de leur répertoire, suivi de "Fais dodo Colas mon petit frère, fais dodo t'auras du lolo". La guimbarde de papa Vitalabri accompagnant les "Oï louli loulou" de maman Vitalabri qui s'était mise à chanter avec cœur et passion, ce qui acheva de fermer les yeux au corps de garde. Notre famille passa, les doigts dans le nez, comme une lettre à la poste.

Le lendemain matin donc, ils étaient déjà dans la capitale du pays d'à côté.

– Alléluia ! cria maman Vitalabri en embrassant le trottoir, tandis que le père faisait remarquer :
– Cet homme nous a menti, regardez, les trottoirs sont tout aussi sales et remplis de Vitalabri qui dorment comme des bienheureux, et il n'y a pas la moindre noix.
Madame Vitalabri s'allongea alors et déclara avec ravissement :
– Le meilleur trottoir que j'aie jamais eu de ma vie !
– Oui oui oui, lâchèrent papa Vitalabri et le fils aîné, oui oui oui.
C'est alors que tous les Vitalabri couchés se dressèrent d'un coup comme un seul homme et se mirent à courir en tous sens à la grande stupeur de nos Vitalabri à nous. Des uniformes, bâtons levés, se pressèrent autour de papa-maman et des enfants. Ils les laissèrent ramasser leurs baluchons, leur édredon et leurs instruments de musique, puis les poussèrent vers un tramway grillagé.
– Le paradis, le paradis sur terre ! murmura maman Vitalabri. Voyez, ils lèvent leurs bâtons mais ne les abaissent ni sur nos dos ni sur la tête des enfants. Le paradis ! Le paradis, mes chéris !

– Oui oui oui, murmurèrent Vitalabri père et fils.
– Oui oui oui, reprirent en écho les petits.

Le tramway grillagé les déposa devant la préfecture, un grand palais majestueux où leur était réservée, un peu en contrebas il est vrai, une vaste salle voûtée avec de grandes fenêtres grillagées, avec un sol impeccable, très peu meublée. Là, ils purent s'étaler à leur aise, à même ce sol, et on leur servit même une copieuse soupe de gruau tiède. Ils s'en régalèrent. Puis ils sortirent leurs instruments et s'offrirent un concert, dégustatif et privé.
Surgit alors un Vitalabri vêtu à la mode des nés quelque part s'arrachant les cheveux en hurlant son désespoir :
– Des musiciens ! Des musiciens ! Encore des musiciens ! Toujours des musiciens ! Arrêtez ! Arrêtez avec ça ! Arrêtez la musique ! Cessez ! Cessez ! Vous nous faites du tort ! Vous nous faites du tort, à nous, les Schnellbunker !
– Qu'est-ce que c'est que ça ?
– Qu'est-ce que c'est que ça, quoi ?
– Ben, qu'est-ce que c'est que les Schnellbunker ? Vous êtes Vitalabri, non ?
– Chut chut chut !!! Ici il ne saurait plus y avoir de Vitalabri, les gens d'ici n'aiment pas les Vitalabri, ici nous sommes tous et toutes Schnellbunker et je vous engage à le devenir vous-mêmes dans les délais les plus brefs.
– Comment devient-on Schnellbunker ?
– En cessant d'être Vitalabri.
– Mais nous ne voulons pas cesser d'être Vitalabri !
– Et surtout en arrêtant de faire cette musique vulgaire !

– On ne veut surtout pas arrêter de faire cette musique vulgaire !
– Vous le devez, vous le devez, vous le devez ! À quoi sert la musique ?!
– Comment ça "À quoi sert la musique" ?
– À rien ! À rien ! À rien ! À rien ! À rien du tout !
– Mais si, ça sert !
– Ça émeut.
– C'est beau...
– Arrêtez, arrêtez la musique ! Plus de musique ! Plus de musique ! Plus de tangos, plus de symphonies, plus de jazz, plus de berceuses et nan nan nan, plus, plus de musique ! Ici, dans ce merveilleux pays qui vous accueille aujourd'hui si généreusement, il n'y a absolument plus de place pour la musique et les musiciens ! Nous avons trop de musiciens vitalabrais, et pas assez de Schnellbunker ouvriers spécialisés.
– En quoi ?
– Quoi, en quoi ?
– Spécialisés en quoi ?
– En tout.
– Donc pas spécialisés ?
– Si si, spécialisés en tout.
– Bon, d'accord, en tout.
– Qu'est-ce que vous savez faire ?
– Moi, dit l'aîné, du violon.
– Aaaah !!!
– Et moi du ukulélé, souffla l'un des plus petits.
– Aaaah !!! Non non non non ! Vous devez avoir un métier, un vrai métier.

– Quel genre de métier ?
– Un métier utile.
– Quel métier utile au juste ?
– Vous madame, vous savez coudre ?
– Si je sais coudre !!! Qui sait pas coudre ? Il me demande si je sais coudre ! Bien sûr que je sais coudre !
– Parfait, couturière. Couturière spécialisée en travaux de couture.
– Non mais vous avez vu ? Il m'a demandé si je savais coudre ! Mes enfants vont cul nu peut-être ?! Si je sais coudre ! Montrez-lui vos fonds de culottes et vos chaussettes !
– Monsieur, sauriez-vous rempailler les chaises paillées dépareillées dépenaillées ?
– Heu…
– Parfait, rempailleur appareilleur de chaises paillées dépenaillées dépareillées.
– Heu…
– Je note, je note, je note. Je transmets au service et je vous informe dans les plus bref délais de l'avancée de votre dossier. En attendant votre expulsion, heu pardon, votre accréditation prochaine, vous êtes assignés à résidence ici même. Il vous sera gracieusement fourni un jour sur deux un repas chaud chacun.
– Et pourquoi pas un par jour ?
– Voilà voilà, voilà pourquoi vous, les Vitalabri, vous vous faites haïr partout ! Un repas tous les deux jours c'est mieux que pas de repas du tout !
– Oui, mais c'est moins bien qu'un repas par jour, ou même deux repas par jour…

– Ou trois !
– La crise, la crise, vous n'avez pas entendu parler de la crise ?
– C'est quoi, la crise ?
– Le manque d'argent.
– Le manque d'argent ?! Il me demande si j'ai déjà entendu parler du manque d'argent ?! Mais c'est moi qui l'ai inventé, le manque d'argent ! Depuis ma naissance je manque d'argent ! Et mon père et ma mère, et leurs pères et leurs mères, ont toujours manqué d'argent, toujours ! Depuis ma naissance ! Il me demande si moi j'ai entendu parler du manque d'argent ?!
Mais déjà le Schnellbunker est loin.
Le fils aîné le suit en criant :
– Est-ce qu'on peut sortir d'ici en attendant ?
Le Schnellbunker se presse, sa serviette sous le bras. Des uniformes à la porte du palais crachent sur son passage. Le Schnellbunker les salue.
Le fils aîné le suit, toujours à ses trousses :
– Est-ce qu'on peut sortir en attendant ?
Le Schnellbunker est loin.

Le fils aîné se retrouve sur l'esplanade du palais de justice, les uniformes de la porte n'ont pas réagi et même lui tournent le dos.
L'aîné sort alors son violon de son étui, un violon vitalabrais, et se met à jouer de la musique vitalabraise propre à arracher aux passants des larmes et des sanglots. Il joue, il joue, il joue encore, avec passion, conviction et émotion. Un passant s'arrête, sort une main de ses poches armée d'un mouchoir et se met à se moucher et à s'éponger les yeux en secouant la

tête, comme si cette musique lui parlait d'un temps lointain, temps ancien si émouvant qu'il sort maintenant une pièce de son autre poche et qu'il la glisse dans la poche de l'aîné, tout en s'épongeant les yeux.

L'aîné joue toujours. Alors un uniforme s'approche, se plante devant lui au garde-à-vous, tout en réprimant ses sanglots et en contenant son émotion il murmure :

– *Papir !*

L'aîné joue de plus en plus tout à sa passion, il n'entend ni ne voit l'uniforme.

Celui-ci alors hurle :

– *Papir !!!*

Le violon s'arrête.

– Pardon ?

– Accréditation, autorisation de circuler, autorisation de faire musique sur voie publique !

L'aîné indique qu'il n'a rien de tout cela. L'uniforme alors, rangeant son mouchoir, après s'être essuyé les yeux :

– Pas accréditation ni autorisation faire musique, pas de permis séjour pour circuler, ramener frontière.

Le premier auditeur alors glisse sa main dans la poche de l'aîné, reprend sa pièce et déclare :

– J'adore la musique vitalabraise, mais je n'aime pas les gens qui ne sont pas en règle, désolé.

Il part, retenant ses larmes. L'uniforme prend l'aîné par le bras et les voilà partis vers le tramway grillagé qui remonte vers la frontière infranchissable.

Le lendemain matin, l'aîné se retrouve de l'autre côté, près du poste. Là, connaissant la combine, il joue, il joue, berceuse sur berceuse. Les uniformes plongent alors dans un profond sommeil, et le voilà sur les routes dans le pays qu'il avait quitté la veille…

Et l'aîné tant aimé, sur les sentiers et les chemins du pays quitté la veille, marche, marche, et tandis qu'il marche, monte en lui une allégresse inconnue, une joie inédite, ineffable. Le soleil du haut du ciel lui fait fête, les oiseaux sifflent, cuicuitent et trillent comme pour saluer son passage. Les fruits, du haut des branches, mûrissent et se penchent vers lui, offerts. Les buissons, arides hier encore, où se cachaient ses frères et sœurs, fleurissent, comme pour célébrer son retour.
Il marche, il marche encore, et une chanson nouvelle monte à ses lèvres, une chanson allègre, revigorante, vivifiante gonfle sa poitrine d'un air pur et serein. Il se sent soudain comme un voyageur de retour chez lui dans le pays qui attendait, qui espérait son retour, son pays, et sa chanson remplit le paysage.

Il traverse les mêmes villages, s'arrête à l'orée des mêmes bois, et il y joue, il y joue comme hier, sur son violon, mais aujourd'hui les villageois s'arrêtent et écoutent, comme s'il était l'un des leurs, puis le remercient, qui d'un sourire, qui d'une piécette, d'un quignon de pain, d'un verre de vin, ou même – bonheur ! – d'un reste de ragoût. Il est des leurs, enfin. Même les uniformes croisés ne le font plus se jeter, de tout son long, dans les fossés. Au passage, il leur siffle un petit air guilleret, une ritournelle que tous les enfants du pays connaissent et sifflent quand ils savent siffler, les uniformes en réponse le saluent d'un geste de main qui ressemble plus à un bonjour qu'à un avis d'expulsion.
Il n'a plus peur, il n'a plus peur.
Dans son cœur se mêle cette joie nouvelle, cette joie du retour chez soi, avec la douleur de la séparation.
Quand reverra-t-il les siens ? Papa-maman chéris et tous ses frères et sœurs. Comme ils seraient heureux, ici, avec lui, de retour chez eux, dans le pays où on les aime, dans le pays retrouvé, marchant sous le soleil, chantant, et jouant ensemble la chanson du retour chez soi.
Soudain une pensée terrible lui arrache un petit cri : Comment feront-ils sans moi ? Il n'y a que moi qui sache lire et écrire. Comment feront-ils ?

– Comment fera-t-il, notre aîné tant aimé, lui qui ne sait ni quêter ni compter ?
Ainsi pensaient papa-maman ce matin-là, anxieux qu'ils étaient de sa disparition.
C'est alors que surgit leur Schnellbunker, serviette sous le bras, et marchant à grands pas.
– Ça y est ! Ça y est ! Victoire ! Victoire ! Tout est réglé ! Vous êtes expulsés !
– Expulsés ?
– Expulsés ! Jamais au grand jamais, vous entendez, un dossier n'a été traité si vite ! Jamais ! Jamais ! Il faut vous dire que j'ai insisté, j'ai mouillé la chemise, je me suis jeté à leurs genoux et j'ai crié : "Pitié, ces gens ne peuvent plus attendre ! Soyez humains pour une fois, expulsez-les, mais vite !" Et pour une fois, l'Administration – L'ADMINISTRATION ! – m'a entendu !
– Pourquoi expulsés ?
– C'est ce qui pouvait vous arriver de mieux !
– Ils n'ont plus besoin de couturières ?

– Non non, ils donnent tout à coudre dans des pays lointains où les petites mains payent pour travailler.
– Plus besoin de rempailleurs de chaises dépaillées ?
– Tout est en plastique aujourd'hui et fabriqué encore plus loin pour moins que moins que rien.
– De quoi ont-ils besoin dans ce pays alors ?
– D'argent ! D'argent ! Comme dans tous les pays. Avec de l'argent, beaucoup d'argent, vous serez bien accueillis partout, mais si vous restez comme vous êtes présentement, miséreux, loqueteux, sans un rond, vous serez expulsés de partout !
– Nous ne pouvons pas être expulsés d'ici !
– Comment ça, vous ne pouvez pas ? En quel honneur, vous ne pouvez pas ? Après tout ce que j'ai fait pour vous ?
– Notre fils aîné bien-aimé a disparu.
– Votre fils aîné bien-aimé a disparu ?
– Disparu, oui.
– Hier, quand vous êtes sorti...
– Il vous a suivi...
– Et depuis...
– Ah làlàlàlàlàlàlàlàlàlàlà ! J'espère qu'il n'a pas fait d'esclandre ! Ma réputation, n'est-ce pas, la réputation de tous les Schnellbunker, ah mon Dieu, mon Dieu, c'est toujours comme ça avec vous, les Vitalabri, vous ne faites que des bêtises et c'est nous, les Schnellbunker, qui trinquons et payons les pots cassés ! Pourvu, pourvu qu'il n'ait rien fait d'irréparable ! Il est sorti, dites-vous ?
– Derrière vous.

– Derrière moi ! Mon Dieu, mon Dieu ! Mais c'est interdit, il vous est interdit de sortir, interdit, totalement interdit, surtout derrière moi !
– Qu'est-ce qui a pu lui arriver ?
– Il a été expulsé, c'est sûr.
– Expulsé ?
– Oui oui oui, expulsé, il aura joué de sa satanée musique sans permis sur la voie publique ! Ah la musique, la musique, toujours la musique ! Qu'est-ce que vous avez besoin de toujours jouer votre saleté de musique ?!
– Mais on aime ça !
– Oui, on aime ça !
– Quoi ?!
– Jouer de la musique.
– Notre musique.
– Vous aimez jouer votre musique ?! Voyez-vous ça ! Moi il y a des tas de choses que j'aime faire, et que je ne fais pas en public ! On se retient ! Bon, écoutez, j'ai obtenu pour vous un pécule.
– Un quoi ?
– Un petit pécule.
– Un petit pécule ?
– Un peu de monnaie, si vous préférez. Chaque expulsé vitalabrais, grâce à l'action de la Fédération philanthropique des Schnellbunker, a droit à un petit pécule à condition qu'il s'engage à ne plus jamais remettre ses pieds dans le pays.
– Quel pays ?

– Ici, ici ! Le pays d'ici, celui qui vous donne ce pécule pour que vous partiez dormir sur les trottoirs d'un autre pays. Et là-bas, à coup sûr, vous retrouverez votre aîné tant aimé !
– Nous préférons l'attendre ici, merci.
– Il ne peut pas revenir ici, il ne peut pas !
– À cause du pécule ?
– Quel pécule ?
– Celui qu'il a touché quand on l'a expulsé.
– Ah non non non non non non non non, s'il a joué de sa musiquette *horribilis* sur la voie publique sans permis, on l'a expulsé sans pécule.
– Sans pécule ? Alors il a le droit de revenir.
– Il va revenir, il va revenir !
– Absolument pas ! Absolument pas ! S'il revient il sera jeté en prison !
– Je préfère l'attendre quand même ici.
– Moi aussi.
– Il sait où on est, il reviendra, on l'attend.
– Non non non non non, il ne reviendra pas ! Il ne reviendra pas ! Il vous attend dans le pays où on l'a expulsé ! Il vous attend !
– Je préfère...
– Nous préférons...
– Quand même...
– Soyez raisonnables, ne gâchez pas une occasion unique, pensez à tout ce que j'ai fait pour vous ! Mieux vaut être expulsé avec un petit pécule plutôt qu'avec un grand coup de pied au cul, non ?

– Si.
– Si.
– Bon, où voulez-vous être expulsés ?
– Dans le pays d'où on vient ?
– Non non non, ils ne nous aiment pas là-bas, souviens-toi.
– Alors, où ?
– Dans un pays inconnu, peut-être qu'on le trouvera dans ce pays inconnu.
– C'est sûr ! Absolument sûr ! Il vous attend dans ce pays inconnu. Madame Vitalabri, pour une Vitalabri, vous faites preuve de beaucoup de bon sens et d'intuition, d'un sens intuitif, dirais-je, proprement remarquable.
– Voulez-vous que je vous lise les lignes de la main ?
– Non non non non ! Nous n'avons pas le temps, hélas. Merci merci merci. Vous veniez d'où ?
– De là-bas.
– Non, de là-bas.
– C'est ce que je dis, de là-bas.
– Non, de là-bas là-bas, pas de là-bas là-bas !
– Bon, vous venez d'en haut ou d'en bas ?
– D'en haut.
– D'en bas.
– Écoutez, résumons, le mieux étant l'ennemi du bien, je vous suggère un pays chaud, parce que si vous êtes obligés d'y attendre longtemps d'être expulsés, mieux vaut attendre au chaud, non ?
Et c'est ainsi que papa-maman chéris et le reste de leurs enfants partirent pour un pays où les Vitalabri du cru ne s'appelaient plus Schnellbunker mais Prestocasa.

Il serait fastidieux de vous décrire les mœurs de ces Prestocasa qui ressemblaient beaucoup à celles des Schnellbunker, en beaucoup moins efficaces, et aussi, malgré tout ça, à celles des Vitalabri puisqu'ils étaient d'origine vitalabraise. L'histoire des origines est une autre histoire, notre histoire à nous c'est celle de cette famille vitalabraise. Comme les Prestocasa étaient beaucoup moins bien organisés que les Schnellbunker, nos Vitalabri restèrent longtemps au soleil sur un trottoir, avant d'être expulsés, sans pécule, et réexpulsés encore et encore, sans jamais retrouver leur fils aîné tant aimé.

Celui-ci était arrivé à la ville quittée la veille. Il y avait retrouvé ses livres enfouis, salué les quelques Vitalabri de connaissance qui n'avaient pas encore émigré, ou qui étaient déjà revenus d'émigration, puis il s'était mis à un coin de rue, violon à l'épaule, et avait joué, confiant dans sa bonne étoile naissante.

Le soir même, un homme – un Vitalabri mais qui n'en avait pas l'air –, après l'avoir entendu, lui demanda :
– Voulez-vous faire de la musique en professionnel ?
– Qu'est-ce que faire de la musique en professionnel ?
– Jouer et être payé pour.
– S'il s'agit de jouer du violon…
– Je suis imprésario, je vous prends sous contrat, vous serez logé, nourri, blanchi, et vous aurez même, si tout va bien, un peu de monnaie pour couvrir vos menus frais.
– C'est ça être professionnel ?
– C'est ça. Alors, c'est oui ?

– C'est oui.
Aussitôt l'imprésario se mit à faire la quête.
– Vous, vous n'aurez qu'à jouer. Donnez, donnez pour la musique ! Vous voyez, tout le boulot sera pour moi. Donnez pour la musique ! Donnez !
Décidément, depuis son retour, la chance courait après l'aîné et elle ne cessa pas de courir.

Bientôt il devint célèbre dans les sous-sols des bas-fonds où son imprésario lui trouvait des contrats. Il y jouait toute la nuit, et au petit matin, il pouvait à son aise faire les poubelles pour y dénicher des livres à sauver qu'il lisait le jour même, avant de les mettre en vente le lendemain.
C'est ainsi qu'il devint professionnel dans la musique et dans la librairie. Il était heureux, mais sans cesse il pensait à papa-maman : Où sont-ils ? Où sont-ils donc ? Dans quel pays où l'on n'aime pas les Vitalabri ont-ils encore échoué ?
Quand il avait le cœur trop serré en pensant à ses parents, il jouait alors quelque chose qui arrachait les larmes même aux non-Vitalabri les plus endurcis fréquentant les sous-sols des bas-fonds où son imprésario le faisait se produire.

Bientôt il devint presque riche en petite monnaie, et presque libraire ambulant dans les sous-sols des bas-fonds fréquentés par les gens de la haute.
Un vrai professionnel !

Échoués sur un trottoir inconnu d'un pays inconnu, papa-maman se morfondaient.

– Où il est, où il est ?
– Et si tu te taisais au lieu de répéter "Où il est où il est" !
– Je te le dis pas à toi, je me le dis à moi.
– Si tu te le dis à toi, pourquoi moi je l'entends ?
– Peut-être parce que, toi aussi, tu te dis "Où il est où il est" ?
– Même si moi je me le dis, toi tu ne m'entends pas le dire !
– Si, je t'entends te le dire puisque je dis que tu te le dis.
– Bon, laisse tomber, laisse tomber, tu veux !
Ils n'avaient plus goût à rien, même à se disputer.
Chaque jour commençait par un soupir "Oïe !" et se terminait par une plainte "Oïe !".

Et les années passèrent et passèrent…

Un beau jour, un de ces jours froids, humides et venteux, avec grêle, crachin, grêlons, un vrai temps donc à mettre à la rue un Vitalabri, s'il n'y est pas déjà, le pays où l'aîné était installé, à la faveur d'un changement de gouvernement, concocta puis édicta une loi destinée aux Vitalabri, résidents ou de passage, avec ou sans papiers, vrais ou faux, logés ou non, travaillant ou pas.

Tous et toutes devaient, sous peine de poursuites, accompagnés de leur progéniture, trop nombreuse ou pas assez, devaient se déclarer, spontanément et de leur plein gré, aux uniformes dûment assermentés formés pour, afin de se faire tatouer à la base du front, au sommet du nez, là, entre les sourcils, un V bien visible.

L'aîné s'informa aussitôt auprès du premier uniforme croisé :

– Pardon, monsieur l'uniforme, pouvez-vous me dire pourquoi faut-il un V sur le nez des Vitalabri ?

– L'es-tu ?

– Pardon ?

– L'es-tu ?

– Heu, je…
– Vitalabri, l'es-tu ?
– Ah non non non non, non pensez donc ! Si je suis… non non non non !
– Bon. Pardon, monsieur, vous disiez, monsieur ?
– Pourquoi faut-il, ou faudrait-il, un V sur le nez des Vitalabri ?
– Pour les reconnaître.
– Pour les reconnaître ?
– Oui, sans V, on ne les reconnaît pas.
– On ne les reconnaît pas ?
– Ça ne pouvait plus durer, comprenez-vous ?
– Oui oui oui oui oui. Mais ceux qui dorment couchés sur le sol ?
– Ah ceux-là c'est facile, on les ramasse, on les tatoue, et on les expédie je ne sais où. Mais hélas, il y a ceux qui sont comme vous et moi.
– Comme vous et moi ?
– Avec un chez-soi. C'est eux, le danger.
– Le danger ?
– Et on ne les reconnaît pas, vous voyez ?
– Je vois.
– Ça ne pouvait plus durer ! Avec leurs nez ronds, pointus, droits, tordus, petits, grands, et leurs femmes en cheveux, fichus ou chapeaux, ça ne pouvait plus durer, comprenez-vous ? Ça ne pouvait plus durer !
– Oui, bien sûr.
– Remarquez, moi j'ai l'expérience, je les reconnais, moi, du premier coup d'œil, à l'odeur dirai-je, mais faut penser aux jeunes.
– Aux jeunes ?

– À ceux qui débutent dans la carrière.
– Les jeunes Vitalabri ?
– Non non non non non ! Les jeunes sous l'uniforme pour la première fois.
– Ah oui oui, bien sûr, bien sûr.
– C'est sûr, ça fait du boulot, du boulot en plus, mais…
– Mais ?
– Quand c'est pour la bonne cause, n'est-ce pas ?
– Bien sûr.
– On ne ménage pas sa peine !
– Certes.
– Ça ne pouvait plus durer !
– C'est ça.
– Alors, serviteur, bien le bonjour, monsieur.
– Serviteur à vous.
Casse-toi la binette dans les toilettes !

Aussitôt l'aîné liquida son stock de livres poubelles, se saisit de son violon, claqua la porte de son chez-soi et, avec l'appui de son imprésario, prit la poudre d'escampette par le premier bateau partant pour n'importe où.

Du pont de ce bateau, il vit le pays qu'il avait cru sien s'éloigner, s'éloigner, devenir une vague brume à l'horizon puis disparaître. C'est alors, réprimant ses sanglots, qu'il pensa très fort à ses parents qu'il perdait là à jamais, partant ainsi à l'autre bout du monde, se condamnant donc à ne jamais les retrouver.

Pour se consoler et partager sa douleur avec les Vitalabri errants qui l'entouraient, il joua une vieille ballade vitalabraise, reprise en chœur, à fond de cale, par ses camarades de voyage.

Après quelques jours sur mer au milieu de ses frères aux nez vierges de V, il accosta enfin dans un pays où, par miracle, on accueillait volontiers les Vitalabri, pourvu qu'ils soient musiciens et qu'ils puissent, d'une manière ou d'une autre, payer un droit d'entrée, ce qu'il fit.
Dans ce pays, les Vitalabri ne se nommaient plus Vitalabri, ni même Schnellbunker ou Prestocasa, ils étaient Quickhome.

Tous les Quickhome, et même les non-Quickhome, parlaient très vite, et très très fort, une langue incompréhensible. Les musiciens aussi jouaient très vite et très très fort. Ce qui n'empêcha pas l'aîné, que son imprésario avait rejoint, de devenir rapidement un virtuose apprécié, au point qu'il n'eut plus besoin de pêcher dans les poubelles des livres à sauver et à vendre.

HOTEL
GROCERY

Ce fut madame Vitalabri chérie, notre madame Vitalabri à nous, qui découvrit sa photo sur une affiche fraîchement collée alors qu'elle s'éveillait sur son trottoir, près de la soupe pour tous offerte gracieusement par les Quickhome aux familles vitalabraises nécessiteuses.

– Monsieur Vitalabri, murmura-t-elle...
– Quoi encore ?
– Il y a là une affiche...
– Je m'en fiche, je dors !
– Sur le mur, là, une affiche...
– Je me contrefiche de ce qu'ils collent sur leurs murs ! Je dors, je te dis !
– Sur cette affiche, je crois qu'il y a...
– Ce que tu crois ou pas, je m'en contrefiche aussi !

Oui hélas, mille fois hélas, depuis la disparition du fils aîné tant aimé et après le départ l'un après l'autre de leurs autres

chers enfants – ils avaient même dû céder les deux plus jeunes à une association charitable Quickhome d'entraide à l'enfance vitalabraise nécessiteuse, qui distribuait les enfants Vitalabri nécessiteux aux familles Quickhome non nécessiteuses mais sans enfants. Ainsi avaient-ils pu mettre leurs pieds sur cette terre promise tout en assurant l'avenir matériel de leurs chers enfants...
– Une mère qui sème ses enfants à tout vent n'a plus la parole et doit se taire à jamais !
– Un père incapable de garder sa progéniture et de la nourrir doit se cacher dans les trous les plus profonds de la terre et ne jamais en sortir !
– Tais-toi ! Tais-toi ! Tais-toi ! Ou...
– Ou quoi ? Vieux débris !
Voilà, plus polis du tout, je vous dis.
Ils ne se parlaient plus, ils s'aboyaient dessus, tout juste s'ils ne se mordaient pas les mollets dès le matin.
– Je suis fatigué, fatigué, t'entends ! Je veux dormir, dormir !
– Sur cette affiche, il y a...
– Merde ! Merde ! Merde !
– Non, pas ça. Il y a une frimousse qui ressemble comme deux gouttes d'eau à...
– Je ne t'écoute pas, je dors à poings fermés.
– À la bobine chérie de notre bien-aimé fils aîné.
– Quoi ? Tu délires, vieille noix ! Glisse ton fichu sur ton nez, ferme tes yeux et ta boîte à fromage, et dors !
– Regarde ! Regarde au moins !
– Bon, je vois que je n'aurai pas la paix. Que ferait mon fils aîné collé sur un mur d'ici ?

– Regarde, il tient son violon.
– Tu crois que ton fils est le seul à tenir un violon de par le monde ?
– Regarde !
– Je ne vois rien.
– Mets ton lorgnon.
– On me l'a piqué, tu sais bien.
– Je sais que tu l'as échangé contre de quoi fumer.
– Bien sûr, pour fumer, un lorgnon ne sert à rien.
– Approche-toi ! Alors, tu vois le violon ?
– Oui oui.
– Il en jouait si bien.
– C'est moi qui lui ai appris.
Madame Vitalabri se jeta alors sans prévenir sur un passant qui passait :
– Monsieur, monsieur, cher monsieur, soyez bon !
– Je n'ai ni monnaie ni heure, je ne suis pas d'ici, et c'est tout ce que je sais dire dans votre langue.
Monsieur Vitalabri interpella alors un autre passant qui passait :
– Pouvez-vous nous lire ce qui est écrit là-haut sur l'affiche ?
– Et pourquoi je ferais ça ? Ils peuvent bien écrire ce qu'ils veulent pour tenir leurs murs debout, je m'en fiche.
– C'est que nous n'arrivons pas à lire ce qui est écrit là-haut !
– Moi non plus je ne sais pas lire leur sabir.
– Leur sabir ?
– Et je ne comprends pas non plus un mot de ce que vous dites.
– Vous ne nous comprenez pas ?
– Je viens d'un pays où les mots viennent de perdre leur sens et j'arrive ici pour découvrir qu'ici, ils n'en ont jamais eu.

– Jamais eu de quoi ?
– De sens.
– Bien sûr que les mots ont un sens !
– Qu'est-ce qu'il raconte, celui-là ?
– Je vous dis, madame, que je ne comprends pas un mot de ce que vous me dites, comprenez-vous ?
– Quelle langue parlez-vous donc ?
– La même que la vôtre, sinon on ne se comprendrait pas du tout.
– Mais vous nous dites ne pas comprendre un mot de ce qu'on vous dit ?
– C'est vrai, depuis que je suis ici, je ne comprends plus rien à rien.
– Vous nous parlez, là, on vous parle.
– Si vous appelez ça parler ! Il fallait m'entendre là-bas !
– Là-bas où ?
– D'où je viens.
– Et vous venez d'où ?
– De là-bas, tiens !
– Vous êtes un Quickhome ou quoi ?
– Un homme qui quoi ?
– Un Vitalabri. Vous êtes un Vitalabri ?
– Bien sûr je suis vitalabrais.
– D'où ?
– Quoi ?
– Vous êtes un Vitalabri d'où ?
– Non non non non non ! C'est fini ça, bien fini ! Je gueule, je frappe, je mords, je ne suis plus doux du tout ! Plus du tout doux ! Doux plus du tout !

– Lisez-nous juste ce qui est écrit sur l'affiche, en grosses lettres, là-haut.
– Là-haut où ?
– Là-haut là !
– Ah, je ne comprends pas un mot ce qu'ils disent. Pourquoi *laola*, pourquoi faire *laola* ? Pour qui faire *laola* ?
– Connaissez-vous vos lettres ?
– Si je connais qui ?
– Vos lettres !
– L'alphabet !
– L'alphabet ?
– B. A. Ba ! Ba !
– Bien sûr, bien sûr que je connais l'alphabet ! B. A. Baba !
– Épelez-nous les lettres écrites là-haut ! On a perdu nos lorgnons.
– Les lettres là-haut ?
– Épelez, épelez ! Par pitié, épelez !
– Les leu L. L. ! O. U. Lou !
– Lou ?
– X. O. R.
– Louxor !
– C. O. N.
– Ah dites donc !
– C. O. N. C. E . R.
– C. O. N. C. E. R ?
– T. !
– Concert ! Louxor Concert !
– H. A. L. Le Le Le.
– H. A. Lelele ?

– Hall !
– Hall !
– Louxor Concert Hall !
– Vous voyez bien que ça ne veut rien dire.
– Louxor Concert Hall ?
– Où est le verbe ? Y a même pas de verbe chez eux ! Chez nous, là-bas, y avait des verbes, et des verbes jusqu'à plus soif ! Et on se les jetait à la gueule ! Fallait voir ça ! Et tiens que je te jette un verbe en pleine poire ! Hop il m'en retournait un panier entier par retour de courrier ! Ah, des verbes, des verbes ! Nous nous jetions des verbes toute l'année ! Toc, prends un verbe ! Et toc, prends celui-là ! Et voilà celui-ci ! Ah, c'était bon ! C'était si bon de se jeter tous les verbes de la terre à la tête ! Ici ? Louxor Concert Hall… Ça ne veut rien dire, rien ne veut rien dire. On ne peut rien dire sans verbe, et rien sentir sans verbe, on est nulle part sans verbe, nulle part !
Mais déjà nos deux Vitalabri chéris couraient, main dans la main, dans les rues de la ville inconnue, vers le Louxor Concert Hall.

Devant le Louxor Concert Hall, il y a foule. On s'arrache les derniers billets. Mais pour arracher un billet ou deux, il faut en donner bien plus qu'un ou deux ! Et nos Vitalabri n'ont pas de billets à donner, ils n'ont aucun billet. Alors madame Vitalabri se met au centre de la place et crie :
– C'est mon fils ! C'est mon aîné ! Et voilà son père ! C'est son aîné aussi ! C'est moi qui lui ai appris à tenir son violon propre et c'est son père qui lui a appris à en jouer ! Laissez-nous entrer ! Laissez-nous entrer !

Le père aussi crie :
– Laissez-nous entrer ! Laissez-nous entrer ! C'est sa mère ! Et moi je suis son père !
Les uniformes en civil se précipitent sur eux et les repoussent. Le concert commence. On ferme les portes. On les repousse encore. Ils crient toujours :
– Laissez-nous entrer ! Laissez-nous entrer !
Puis nos Vitalabri à nous se ruent sur l'entrée des artistes dans la rue derrière. Ils y sont encore stoppés et repoussés. Ils insistent à nouveau.
– C'est mon fils ! C'est mon fils !
– C'est notre fils ! Notre fils aîné tant aimé !
Le concert se termine. On entend les applaudissements et les cris :
– Bravi ! Bravo ! Brava !

L'aîné arrive enfin, son violon sous le bras, et un bouquet de fleurs sous l'autre. Nos Vitalabri à nous, malgré la foule et les uniformes en civil de gala qui les repoussent toujours, se jettent de toutes leurs vieilles forces sur leur fils bien-aimé qui les aperçoit. Il en lâche ses fleurs et presque son violon.
– Fils ! Fils ! Fils !
– Maman ! Papa !
– Fils ! Fils ! Fils !
– Papa-maman !
Et là, je vous laisse deviner la joie des uns et des autres.
Une joie qui déferle, qui les fait trembler, tituber, qui les renverse presque. Ils en étouffent, ils en crient, ils en dansent, ils en chantent.

LOUXOR

Soudain, l'aîné, le père et la mère, se mettent à jouer, là, en pleine rue, un concert de retrouvailles. Ils jouent, ils jouent, l'un sur son violon, les autres sur des couvercles de poubelle ou sur les pavés avec leurs pieds. Tout fait joie ! Tout fait musique ! Ils jouent, ils crient, ils rient, puis ils chantent à nouveau.
Tous leurs autres enfants alors surgissent des rues adjacentes, certains même viennent d'autres pays, d'autres continents, pour les rejoindre, pour chanter avec eux à l'unisson, avec papa, maman et le frère aîné.

Je sais, je sais, ce n'est pas très vraisemblable, mais nous sommes dans une histoire, non ? À la fin presque de cette histoire. Pourquoi voulez-vous que toutes les histoires finissent mal ? Il faut bien que quelques-unes finissent bien, non ?

Après ?

Après ils sont devenus tous musiciens quickhome, avec papiers, vrais papiers, et domicile, vrai domicile.
Ils vécurent heureux et eurent beaucoup d'enfants, mais avec toujours un pincement au cœur et une douleur à la poitrine en pensant aux Vitalabri restés là-bas dans les pays où fleurissent les V sur les fronts, avant que ne s'y fanent les Vitalabri à jamais.

Fin

Né en 1939 à Paris, où il vit et travaille, **JEAN-CLAUDE GRUMBERG** est auteur de théâtre, auteur jeunesse, scénariste de télévision et de cinéma (notamment avec Costa Gavras). La plupart de ses livres sont disponibles aux éditions Actes Sud. Il a reçu en 2009 le Molière de l'auteur francophone vivant et le prix du Syndicat de la critique pour *Vers toi, Terre promise* (Actes Sud-Papiers, 2006). Il a entre autres publié *Dreyfus – L'Atelier – Zone libre* (Babel n° 314), *Les Courtes* (Babel n° 159) et plusieurs pièces pour le jeune public dont *Le Petit Violon* (Actes Sud-Papiers/Heyoka, 1999).

RONAN BADEL est né en 1972 en Bretagne. Diplômé des Arts décoratifs de Strasbourg, il s'oriente vers l'édition jeunesse comme auteur et illustrateur. En 2006, il publie sa première bande dessinée, *Petit Sapiens*. Parmi les nombreux albums qu'il a illustrés : *Oumpapoose cherche la bagarre* et *Billy le môme* (éd. Thierry Magnier) et la série "Émile" (Gallimard Jeunesse).